novum **▲** pocket

AF273149

Carla Gagliardi Desaur

Ridammi il sole

Rends-moi la lumière
… qui est à moi !

novum pocket

© 2021 novum maison d'édition

ISBN 978-3-99010-958-8
Photographie de couverture:
Silvia Ramasso
Création de la jaquette:
novum maison d'édition
Illustration: Carla Desaur Gagliardi

www.novumpublishing.fr

SOMMAIRE

INTRODUCTION

Accompagner le changement et favoriser la vie : voici ma devise depuis mes trente ans, quand ce que je définirais aujourd'hui comme une « partie » de ma vie a interrompu son cours, m'invitant à me *réinitialiser*, tel un ordinateur auquel on aurait coupé le courant.

En me rallumant après le diagnostic de la maladie, la carte mère n'envoyait plus les bonnes impulsions, ou plutôt ces impulsions étaient illisibles pour mon corps et surtout, inacceptables pour mon esprit.

Un saut dans la « partie » de vie suivante, en courant alternatif, qui se résumait la plupart du temps en une série de secousses à haute tension.

Éclipse d'énergie, prolapsus de volonté chez une personne volontaire et persévérante, une personne que je connaissais pour son éducation rigoureuse et son parcours de vie jusqu'alors précis et impeccable.

Dans les moments d'effondrement émotionnel, lorsque se déclenchait l'avalanche psychologique qui allait de pair avec la crise sur le plan physique, mon seul remède fut la musique, le rythme et les textes empreints de poésie du chanteur et compositeur italien Zucchero.

Ridammi il sole [Redonne-moi le soleil]
che avevo dentro me [que j'avais en moi]
ridammi il sole [redonne-moi le soleil]
che piove dentro me [car il pleut en moi]

Et malgré tout, la joie, en dépit de la confusion et du désarroi face à la perte des points de repère essentiels de la « partie » de vie que j'avais vécue avant. Un élan inné vers l'amour, l'amitié et le monde persistait, telle une bouée de sauvetage.

Une expérience humaine personnelle, qui m'a permis de me placer dans le lieu d'une expérience spirituelle enrichissante et salvatrice, que tout un chacun devrait faire l'effort de visiter.

Décision : 2010

On ne transforme pas sa vie sans se transformer soi-même.
(Simone de Beauvoir)

Choix envisagé en septembre 2009 : mon envie de retourner dans une école du nord, après avoir essayé la Toscane pendant de nombreuses années, prenait désormais le pas sur tout le reste. L'isolement dans le territoire toscan et une expérience d' « adoption temporaire », désormais terminée, me convainquirent que je ne méritais pas une douleur émotionnelle supplémentaire.

Toute l'année scolaire 2009/2010 fut sereinement orientée vers ce changement.

Du point du vue professionnel, j'eus la chance de tomber sur un proviseur intelligent qui, comprenant ma demande de mutation, me suggéra plutôt d'abandonner le cycle collège où j'aurais inévitablement fini par laisser une classe sur le carreau.

Il me proposa alors, sans mieux formaliser ma fonction, de devenir l'enseignante de référence pour la formation des adultes : un domaine que je ne connaissais pas directement et qui m'ouvrit tout un monde, un univers parallèle riche en réalités multiformes.

Sur le moment, je ne me rendis pas compte de l'implication que demandait cette mission : il s'agissait d'un directeur, d'un proviseur de la vieille école, une personne géniale qui sut toujours mettre sa ruse napolitaine au service de l'apaisement des frictions et des tensions.

Il me dit : « Ce sera une année riche en défis et en satisfactions, fais-moi confiance ».

Et je lui fis confiance. Cela a été un cadeau de la vie : rencontrer une personne qui avait compris mes besoins, qui connaissait mes capacités et n'avait pas hésité une seconde à les mettre à profit au sein de son établissement.

L'établissement en question accueillait, et continue à accueillir, un grand nombre d'élèves.

Je fus chargée de la formation des adultes pour le niveau collège avec diplôme national du brevet à la clé, de la certification de connaissance de la langue italienne pour les étrangers dans un cadre européen et en lien avec l'Université de Sienne, des cours de l'année simple et du passage au cycle final de deux ans des instituts d'enseignement supérieur de l'île, du baccalauréat en collaboration avec un établissement d'enseignement supérieur de Florence, de collaborations et projets en lien direct avec des entités locales telles que centres pénitentiaires, offices de tourisme, municipalités et associations.

L'année scolaire s'écoula avec une limpidité et une rapidité dont seul l'enthousiasme d'une eau de source peut rendre compte.

En même temps, avec un grand flegme mais une détermination sans faille, j'avais renoué mes contacts dans deux grandes villes du nord de l'Italie, où j'espérais m'établir et mettre le cap, toutes voiles dehors, sur une vie professionnelle plus orientée vers la culture.

Je souhaitais réduire de moitié mon travail en tant qu'enseignante pour me consacrer à des publications, qui me donneraient l'occasion d'écrire sur des thèmes culturels.

Mon guide et mentor depuis la fac était un vénitien caméléonesque à l'intelligence vive, qui a toujours su savamment coordonner logos-projets-mairies-pensées. Quand je l'appelai pour lui demander vers quelle ville, à son avis, en tant qu'homme à la culture encyclopédique et fin connaisseur des milieux culturels actuels, je pouvais m'orienter pour mon projet de vie, sa réponse fut nette : « Turin ou Venise, je crois qu'en ce moment c'est Turin qui investit le plus dans la culture ».

Je me donnai une semaine pour réfléchir : d'un côté, retourner à Turin signifiait me rapprocher de contextes professionnels et amicaux très forts et susceptibles de me soutenir dans tous mes choix.

Des amitiés importantes qui m'avaient accompagnées dans des années de difficultés et de choix, les années de la solitude !

Ce qui m'attirait également à Turin, c'était la présence de mon ex-belle-sœur : la sœur que je n'ai jamais eue, que je n'avais pas vue ni entendue depuis fort longtemps et avec laquelle j'étais sûre de pouvoir immédiatement rétablir un échange affectueux, dans la syntonie de nos cœurs.

Mais d'un autre côté, j'aurais risqué de me retrouver dans le contexte de mon premier mariage : la famille de mon ex-mari habitant sur place et il m'était impossible d'envisager un retour sans serrer à nouveau mes chers neveux dans mes bras.

Par respect pour mon ex-mari et dans le souci explicite de lui abandonner toute la positivité émanant des familles de ses frères, j'ai toujours jugé bon d'interrompre ces fréquentations, certes source de bien-être pour moi, mais incontestablement une source de joie indispensable pour lui. Je lui ai toujours cédé le passage.

Encore une fois, indépendamment du contexte et des questions d'ordre professionnel, j'optai pour la solution dictée par mes affaires familiales passées.

À l'horizon, se profilait une grande ville, qui à sa façon de naviguer sur l'eau, se balançant, me berça dès la première heure de mon retour.

Un altro sole, quando viene sera
[Un autre soleil, lorsque vient le soir]
sta colorando l'anima mia [colore mon âme]
potrebbe essere, di chi spera
[elle pourrait appartenir, à ceux qui espèrent]
ma nel mio cuore è solo mia!
[mais dans mon cœur, elle n'est qu'à moi !]
(Zucchero, Così celeste)

VENISE

Me revoilà dans la ville poisson de mon heureuse période post-universitaire !

Ce fut une joie de relire après des décennies *Venise est un poisson,* œuvre d'un auteur vénitien, et de redécouvrir l'attrait intact exercé par cette île où, bien loin de se sentir isolés, on a l'impression de se trouver dans le nombril du monde !

Je trouvais intéressante l'analyse de mes cousins français qui ont toujours suivi mes pérégrinations avec intérêt et curiosité ; l'un d'eux m'envoya un beau message que je conserve jalousement : *Mieux vaut quitter l'Elbe pour Venise que pour Saint Hélène !*

Il avait saisi le côté « forcé », voire « pénitentiaire » de mes déménagements ! Et je lui suis reconnaissante de m'avoir ouvert les yeux par le biais de cette noble et inédite comparaison napoléonienne.

Effectivement en décembre 2007, sur l'île de Porquerolles, où je m'étais retirée pour écrire, j'avais fait la connaissance d'un intéressant anthropologue français qui tenta de m'emmener avec lui chez les Inuits ; à l'époque, seul mon chien *husky* aurait été partant pour ce déplacement aux confins du Canada !

Pour en revenir à Venise, mon mentor me proposa immédiatement en 2009 de me servir de pont vers ce nouveau monde : il tenait la ville, qu'il connaît et adore, dans ses mains et j'étais quant à moi la personne enthousiaste qui, à travers une collaboration dans différents contextes muséaux, pouvait l'aider à retarder son départ en retraite, qui se profilait partiellement depuis quelques années.

Nous découvrîmes que nos chemins pouvaient continuer parallèlement avec des retombées bénéfiques pour tous les deux : lui, de son côté, pouvait repousser l'échéance de la retraite pour s'occuper de nouveau à part entière d'une fondation culturelle qu'il avait dirigée toute sa vie, tandis que moi, en l'épaulant et en le remplaçant progressivement, j'aurais pu prendre mes fonctions à mi-temps dans une autre fondation culturelle vénitienne.

Le hasard ou le destin : des mots auxquels je n'avais jamais cru pendant une bonne partie de ma vie, mais je vous montrerai au fil de ces pages à quel point j'ai dû revoir mon jugement.

En réalité, je pris une décision très rapidement : dès octobre 2009, je connus le nom du projet qui devait me servir de point de départ pour mon déménagement à Venise et toutes les fois que je pus me rendre dans la cité lacustre pendant les vacances scolaires, une nouvelle pièce venait s'ajouter au puzzle, comme par magie.

Pendant l'année de mutation de région, procédé quasiment ignoré de l'éducation nationale, où tous préfèrent voir les enseignants comme des moules accrochées au même rocher toute la vie, je m'organisai pour obtenir des périodes d'abstention temporaire du travail scolaire pour pouvoir me consacrer à d'autres contextes.

La collaboration avec la fondation culturelle progressait rapidement du point de vue de la gestion du personnel, de la connaissance des projets et dans une moindre mesure, concernant le projet qui m'intéressait de façon plus spécifique, d'une publication.

Bien évidemment, notre entente logico-rationnelle fut pour beaucoup dans la productivité de cette phase : le directeur vit en moi l'élève et la fille qu'il n'avait jamais eue, à qui transmettre toutes les compétences savamment acquises au cours de sa vie, et pour moi, enfin, dans cette existence orpheline de père, ce fut l'occasion de retrouver un lien paternel, simple mais fondamental, à la fois protecteur et exigeant, comparable à l'affection dont j'avais été entourée par ma mère enseignante.

Mon arrivée à Venise au mois de septembre, alors que le festival du cinéma battait son plein, pendant l'une des pires tornades de ces dernières années qui détruisit ma bibliothèque, fut un moment exceptionnel dans ma vie, que je partageai avec mon chien.

Problèmes logistiques, fatigues généralisées, joies des quelques minutes passées sur la plage à courir avec elle, sont autant de souvenirs parfaits, photographiés par l'appareil imparfait de notre cerveau.

Gloria sei nell'aria [Gloire tu es dans les airs]
a te che fai certe cose con le cose di noi [à toi qui fais des choses de nous]
che siamo sabbia. [qui ne sommes que du sable.]
(Zucchero, Gloria a te nell'aria)

Ce qui échappe
à la programmation individuelle

Je l'ai évoqué dans un chapitre précédent : mon rapport compliqué avec le mot « destin » et ce qu'il implique.

J'étais une personne habituée à l'organisation et à la programmation, ayant grandi dans des environnements qui ont exacerbé mon pragmatisme et mes aptitudes pratiques, avec un « moi » stimulé, sans doute à l'excès, au cours de mes études classiques de philosophie, par une lecture attentive de chaque événement selon une approche logico-rationnelle. Or, cette vie semble vouloir nous surprendre et nous montrer que les lignes rouges continueront à survivre, indépendamment de notre contrôle personnel.

Durant l'été 2010, de retour de l'une de ces journées héroïques, comme j'aimais à les définir avec mes 26 élèves, qui, dans l'espoir de décrocher le bac à l'âge adulte – bien que pas si vieux que ça – naviguaient sans relâche avec moi sur la mer Tyrrhénienne, je ratai le bateau.

Ma course entre le lycée de Florence, où je venais de finir de corriger les copies de l'examen du bac, et le port de Piombino, avait été ralentie par deux raisons d'ordre privé : la première avait été l'énième déception, amoureuse avouons-le, la vaine attente d'un appel venant confirmer un éventuel rendez-vous galant, la deuxième, au contraire, était que les bras de l'amitié s'étaient généreusement ouverts en une étreinte inattendue sur le trajet entre Livourne et Piombino.

Dans les périodes de travail intense, fou et forcené à la manière de Leopardi, personne n'accepterait d'être interrompu, de voir son agenda quotidien modifié, de voir ses priorités savamment étudiées et ses options soigneusement choisies, bouleversées.

J'arrivai donc à Piombino avec un retard qui me valut d'attendre le bateau de l'heure suivante : ce retard m'incita à réfléchir à la manière d'exploiter au mieux le temps de trajet en bateau, car le lendemain la journée de travail ne m'aurait laissé aucun répit.

Je montai sur le bateau de 21h30 en tenue de travail : documents, dictionnaires, téléphones, c'était encore une heure acceptable pour passer des coups de fil aux élèves qui devaient soutenir leur thèse le lendemain et je pouvais prendre un peu d'avance sur les dossiers administratifs.

C'était inespéré, après une semaine de guerre en mer, comme nous définissions ces voyages dans le cadre du bac hors secteur : pas besoin de me réveiller à 5h du matin et je pouvais me rendre sur le lieu des examens le jour d'après, avec la tranquillité d'avoir déjà accompli une partie des formalités.

À propos de cette sérénité des journées d'examen sur l'île, je dois remercier l'heureuse coïncidence, de nouveau le « destin », d'avoir eu en tant que présidente de commission, un ange venu du Ministère de l'Éducation, une proviseure fantastique qui avait fait de l'école sa maison et dont j'ai malheureusement appris, durant l'hiver 2017 quand je la cherchai, la disparition prématurée.

Je me remémore souvent les moments où, la surprenant en train de fumer dans un coin du jardin à l'abri des regards, alors que je travaillais à Marina di Campo, je l'invitais à ne pas le faire, lui demandant systématiquement si c'était sa dernière cigarette. C'est elle qui m'a accordé une permission spéciale pour que je puisse passer quelques jours à Turin rendre visite à mon ex-belle-sœur, hospitalisée pour un cancer aux poumons : je n'y aurais pas eu droit, mais elle comprit à quel point c'était important pour moi, compte tenu des excellents rapports que j'entretenais avec mon ex-mari.

Laissant de côté mon voyage dans la vie pour en revenir à mes allers et venues de ces jours-là, alors que j'étais toute à mes papiers sur le bateau ce soir-là, je reçus un appel de mon amie chez qui je devais me rendre aux États-Unis au mois de juillet. Avec elle aussi, une avalanche de travail car nous étions en train de préparer un projet entre son université et la fondation vénitienne : j'aurais eu besoin d'une deuxième vie parallèle.

Je dus mettre à profit mes compétences en anglais, car, bien que pouvant parler sans problème en italien avec Jessica, on me projeta dans les bureaux de l'université, où, étant l'après-midi là-bas, on me demanda, le plus naturellement du monde, des précisions concernant le projet.

Tandis que, parlant au téléphone et gesticulant inévitablement à l'italienne, je regardais, sans les observer, les visages reflétés dans les baies vitrées du bateau, j'aperçus une personne qui attendait patiemment de trouver un intervalle de temps dans mes activités pour me parler et engager une conversation.

Je jetai l'ancre, me rendant à l'évidence que la journée touchait à sa fin et que je devais accepter de ne pas boucler ma liste de priorités du jour.

Au cours de ce trajet en bateau je rencontrai un curieux personnage qui, tel un farfadet, un gnome sortant tout droit de la forêt écossaise, m'aurait rappelé par la suite, tous les jours de ma vie, d'oublier la planification, ma cadence d'horloge suisse, et d'accepter le déroulement des journées telles qu'elles se présentaient à nous au fil des heures.

Pour celle qui, se targuant d'être « née au bord du lac, à trente kilomètres de la Suisse », avait fait de cette affirmation le drapeau de son efficacité, l'acceptation de ces nouveaux paramètres a été un parcours du destin.

Vorrei sdraiarmi [...] [Je voudrais me coucher [...]]
seguire un punto [suivre un point]
dall'infinito fino a che tutto [de l'infini jusqu'à ce que tout]
sia un Pò più chiaro. [soit un peu plus clair.]
(Zucchero, Alla fine)

Mon penchant pour l'avenir et pour l'écriture de projets a trouvé sa dimension ! C'est ce que j'expliquai, racontant le bonheur brisé de cette période, à une psychologue chère à mon cœur que j'avais rencontrée quelques années auparavant.

On s'était croisées lors de mon année d'immersion dans la neige dans la région de Cuneo : une année importante pour ma titularisation et une année tellement difficile sur le plan des relations interpersonnelles que je me fiai à elle pour adopter, tant bien que mal, un comportement maîtrisé et équilibré.

À l'époque, j'étais « mère de substitution » pour l'année scolaire : cela faisait déjà plusieurs années que j'étais mère adoptive et que je me débrouillais plutôt bien, mais j'étais confrontée à un nouveau contexte à la fois sur le plan professionnel et personnel : nouveau domicile, nouvelle ville, nouvelle région, nouvelles écoles où travailler et inscrire ma fille adoptive.

Un nouveau monde où ma chère Silvia remit de l'ordre avec la patience perspicace et opiniâtre propre aux habitants de Cuneo, un mélange de pragmatisme venu des montagnes et d'attention citadine.

Au bout de quelques séances, elle me fit remarquer que la façon dont je procédais dans la vie avait subi une accélération anormale, avec une perspective exagérément projetée vers le futur : il fallait que je lève le pied lentement, mais sûrement.

En cet après-midi froid et pluvieux, nous en rîmes car, automatiquement, ma rationalité m'incita à lui répondre que ce mode de fonctionnement m'était tout naturel : j'écrivais des projets pour les écoles, je me sentais capable et à la hauteur, il était donc logique de penser que le travail avait infléchi mon existence. Silvia eut toujours une attitude professionnelle à la fois attentive et teintée d'ironie, car elle comprit que là était la clé pour s'immiscer progressivement dans mon esprit.

« L'esprit trompe presque toujours, il faut donc déstructurer sa lecture de la réalité ». C'est une citation d'une autre amie-guide, qui a tenté d'éclairer ma vie, qui a eu la force de rester à mes côtés dans les moments les plus sombres qui ont suivi, mais son enseignement était écrit dans mon destin depuis longtemps.

Par hasard, pendant cette même année scolaire au milieu des montagnes, une des rares collègues qui devint une amie me prit en photo en me voyant marcher sous les arcades de la ville et me la montra quelques jours plus tard en riant et en me disant qu'elle n'avait fait que m'apercevoir : ce fut impressionnant et cela ne me fit pas rire, je marchais la tête inclinée de 45 degrés par rapport au corps ; entre les pieds et la tête, on aurait pu tracer une ligne imaginaire inclinée d'au moins 30 degrés. Je l'imprimai et la conservai dans mon agenda, elle me fit réfléchir, je pris peur et entamai sérieusement un parcours d'analyse du présent.

Ero troppo avanti e mi voltai.
[J'étais trop en avant et je me retournai.]
Vista sul futuro mi affacciai
[Vue sur le futur et je me mis à la fenêtre]
ora non mi chiedere se puoi
[maintenant ne me demande pas si tu peux]
«Dimmi quale senso abbiamo noi»
[« Dis-moi quel sens nous avons »]

(Zucchero, Quale senso abbiamo noi)

Silvia m'a fourni les outils en 2007, Benedetto me met à l'épreuve depuis juin 2010.

Je le rencontrai dans ce bateau un soir tard : nous débarquâmes à 22h30 à Portoferraio et, pour prolonger la discussion, nous allâmes prendre une glace.

Grâce à la patience d'Enza, nous finîmes par payer ces deux cornets et je commençai à tout lui raconter sur l'histoire de la ville ; de la Linguella romaine à la maison de Napoléon, je l'emmenai faire le tour des murs de Portoferraio, pensant avoir trouvé un élève modèle pour le cours de l'année suivante, alors que je serais partie ailleurs.

Je pensai même lui proposer le logement que j'étais sur le point de quitter, car je savais que les propriétaires étaient toujours à la recherche de locataires pour l'hiver ; je l'invitai à mes déjeuners ouverts aux amis, dans l'oliveraie où j'habitais.

Ce fut mon mois de juin : une brochette d'amitiés et de contacts humains riches, famille et amis, connaissances et élèves, la joie de la communication.

Habitant au milieu de huit hectares d'oliveraie, j'avais la chance de pouvoir donner des déjeuners dehors dans le jardin, et, en juin, malgré et peut-être justement en raison des occupations scolaires, c'était l'occasion de partager des repas avec les amis qui se présentaient dans l'espoir de me dire au revoir sans précipitation avant mon départ pour Venise.

Le déménagement était prêt, le voyage aux États-Unis organisé, mon planning semblait fonctionner à merveille, avec la bénédiction de tous les amis.

[C'est une merveilleuse]
[Vie merveilleuse.]
[Le soleil est dans tes yeux]
[La chaleur est dans tes cheveux]

It's a wonderful wonderful life.
The sun is in your eyes
The heat is in your hair

(Zucchero, Wonderful life)

Activités 2011

Je courus en côte toute une année scolaire, de septembre à juillet, en déployant des énergies infinies : collaborations extra-scolaires dans le monde de la culture vénitienne et coordinations dans le cadre de projets scolaires de plus en plus exigeants.

Je courais et restais un peu à la traîne physiquement, mais sans jamais perdre de vue mentalement mes projets.

Le calme et la paix m'étaient procurés par les traductions que j'effectuais sporadiquement de l'anglais ou vers l'anglais pour mon curieux ami, qui m'entretenaient et me distrayaient.

Arrivée dans la région Vénétie pour l'école, j'ouvris et coordonnai un siège pour les examens d'italien langue étrangère en tant qu'antenne de l'Université de Sienne ; appuyant la volonté du ministère de l'éducation de développer l'école pour adultes (CTP), je m'immolai avec une poignée d'autres collègues (seulement vingt-neuf en Vénétie) pour me spécialiser dans le perfectionnement des *centres provinciaux d'éducation pour adultes*, et dus suivre un parcours de deux ans avec l'Université de Padoue.

C'était curieux : l'année où j'étais le plus occupée sur le plan personnel entre le déménagement, le changement de vie, la collaboration avec la fondation, je m'empêtrai, au nom d'un credo socio-politique, dans ce réseau scolaire, devenant référente, coordinatrice responsable, enseignante, presque simple étudiante.

L'année 2011 fut une année compliquée : présentation heureuse de livres en différentes langues, j'ai sondé et plongé ma culture dans des contextes différents pour tester mon envie d'une vie vivante, mais en même temps, je me suis laissée prendre dans les filets de l'immobilité bureaucratique de l'école publique.

C'était une lutte contre le temps qui n'avance pas, pour moi qui ai toujours anticipé sur le temps.

En 2011 je commençai à souffrir d'épouvantables maux de tête, diagnostiqués par le centre anti-migraine comme des malaises anormaux.

Et à partir de septembre 2011, débuta un parcours dans le noir, fait d'une vue trouble, de douleurs lancinantes à la boîte crânienne, d'œdèmes inexplicables, de visites médicales sans fin.

Et le travail m'échappait comme le sable dans les mains, il s'écoulait comme une fuite d'eau : je n'arrivais pas à me concentrer sur quoi que ce soit pendant plus de vingt minutes.

Della mia solitudine in fondo [De ma solitude au fond]
dimmi che ne sai [dis-moi ce que tu en sais]
e di un'anima grande [et d'une âme grande]
come il mondo [comme le monde]
dimmi che ne sai. [dis-moi ce que tu en sais.]

Chaos 2012

Au milieu de cette confusion qui m'obligea à mettre de côté les études - à l'époque je dévorais quatre textes par semaine pour la communication CLIL - je me retrouvai sans le soutien humain de mes élèves africains et j'étais trop faible pour me rendre à l'école ; il ne me restait plus pour me distraire que les traductions de l'anglais dont je pouvais continuer à m'occuper à la maison, lentement et même sur papier.

Douze mois de calvaire et dix-huit spécialistes : mon compte en banque en sortit exsangue, bien qu'en Italie le système de santé soit encore excellent. Le facteur déroutant était la rapidité avec laquelle le malaise se présentait, raison pour laquelle je tentai à chaque fois de réaliser des examens médicaux rapidement, et donc dans le privé, dans l'espoir de comprendre ce qui pouvait bien perturber ma circulation sanguine.

Ainsi commença une véritable lutte contre l'indisponibilité, la rigidité et les incompréhensions.

Rares, très rares, furent ceux qui me tendirent une main. Les trente-cinq malheureux réfugiés de ma classe, rejetée par l'école, furent, cette année-là, tout le soutien humain que je reçus dans le cadre scolaire. Un simple médecin de la sécurité sociale eut le courage constant de prolonger mes congés maladie alors que de nombreux spécialistes s'y refusaient. Rares furent les amis qui se mobilisèrent autour de moi, s'arrangeant pour m'appeler au téléphone à tour de rôle, vu que j'habitais et que j'avais toujours habité seule, et vérifier que je m'étais bien réveillée. Certains voisins habitant le même immeuble m'adoptèrent et s'alternèrent pour m'apporter bouillons, riz nature ou bons petits plats.

(J'ai risqué, paraît-il, des accidents thrombotiques graves). Rares furent les amis qui s'imposèrent de venir me voir et de me faire sortir pour un peu d'exercice, alors que dans ces derniers mois du printemps 2012, je parvenais à grand'peine à faire les courses dans mon quartier. Mon chien adoré commença à exiger de dormir dans la chambre à coucher, abandonnant le couloir et sa couche pour se faufiler sous mon lit, se levant toutes les fois que mon état de santé empirait et que j'allais aux toilettes.

Ce furent des mois impossibles, pendant lesquels j'ai vécu, survécu grâce à une détermination, une force, que les personnes qui m'aiment ont définie d'opiniâtreté.

En voici une traduction : *Une persévérance toujours positive, toujours mue par le bien et qui représente donc une non-acceptation du mal.*

Je me rappelle comme si c'était aujourd'hui, en juillet 2012, des amis qui s'enflammèrent une après-midi entière au téléphone et décidèrent finalement de me traîner jusqu'à un médecin de leur connaissance.

Dans ce monde mal fait de la médecine ultraspécialisée, une nouvelle irruption du « destin » : une gastroentérologue résolut l'énigme de ma maladie, en me propulsant des centres anti-migraine à l'hématologie.

Ce n'était pas son domaine et pourtant elle vit juste !

En octobre 2012, le diagnostic : cancer de la moelle osseuse. Le premier hématologue que j'eus la malchance de rencontrer, dont je découvris quelques temps plus tard qu'il était surnommé le terroriste, me confirma que je devais immédiatement, ce qui voulait dire dans le week-end, faire une échographie de la rate et qu'avec un peu de chance, j'aurais survécu entre trois et cinq ans.

Une vie bouleversée : alors que je pensais avoir sereinement atteint une position professionnelle qui me permettait de choisir et de m'engager dans ce qui m'intéressait le plus, le chaos.

Au milieu de tout cela, mon habitude du travail et de l'étude devinrent ma bouée de sauvetage, mon point d'ancrage dans la tempête.

Et les traductions revinrent sur le devant de la scène, devenant une opportunité unique.

Dans le chaos du choix d'un centre médical où me faire suivre, dans la confusion permanente créée par les suggestions des amis ou proches, qui, pensant bien faire, proposaient des remèdes en tous genres, j'opérai une sélection rationnelle de cinq centres à tester pour leur disponibilité à me soigner, éventuellement, avec des méthodes non conventionnelles.

Je m'offris immédiatement comme cobaye pour de nouveaux traitements, pourvu d'éviter la chimiothérapie classique.

L'aspect marginal de ma maladie - j'aurais dû être un homme sur les 75 ans, fumeur et alcooliste avec des antécédents cardiaques négligés - m'incita à l'étudier.

Je décidai de m'éloigner de l'Italie, pour tenter un traitement dans un centre de recherche capable de travailler en lien avec l'hématologie italienne. Je ne voulais pas me laisser piéger dans des solutions protocolaires et une première revue des centres de Padoue et Venise, mais aussi de Florence et Sienne et jusqu'aux États-Unis, me laissèrent sceptique.

Ayant été évaluée inapte à l'enseignement, je me raccrochai au monde de la traduction : il fallait absolument, quoiqu'il arrive, que je reste active.

J'avais pas mal de travail, que je pouvais faire en toute simplicité sur mon PC, de n'importe quel endroit du monde.

Mais j'étais aussi infiniment fatiguée, épuisée et bouleversée, par la maladie ou bien par le fait d'avoir appris que j'en souffrais, je ne saurais dire.

Je décidai de suivre la piste du centre de recherche de l'*Hammersmith* à Londres : je louai un petit appartement qui devint le refuge des neveux et des enfants d'amis, de toute cette jeunesse de vingt ans qui vint me voir et me revitaliser alors que, pour la première fois de ma vie, j'écoutais mon corps et cherchais à en interpréter le malaise tout en en acceptant la douleur.

Je passai des mois à dormir seize heures par jour, à me réveiller pour étudier les cas médicaux décrits avec force de détails erronés sur *Internet*.

Ce fut à l'occasion de l'une de ces journées que, rencontrant Benedetto pour ses traductions, qui m'accompagnaient et me distrayaient désormais au quotidien, il me fit remarquer qu'il valait mieux arrêter de naviguer sur Internet comme une assoiffée dans le désert et me suggéra de m'inscrire plutôt en médecine.

Ce n'est qu'après cette longue et fastidieuse discussion que je pris conscience de mon incapacité à affronter un nouveau parcours universitaire ; cela aurait été le troisième pour moi, mais mon esprit et mon corps ne m'auraient pas suivie, ni soutenue. J'étais perdue.

Les compétences pharmaceutiques de mon parcours universitaire précédent étaient partielles, fragmentées, insuffisantes.

Nous nous rencontrions de plus en plus souvent et je voyais que Benedetto me provoquait, me faisant remarquer qu'il était en train de se documenter sur ma maladie.

Pendant ce temps, les visites médicales suivaient leur cours et j'atterris dans un centre en Allemagne, spécialisé dans les problèmes sanguins. Le médecin-chef de renommée internationale s'assit en face de moi et, tout en parlant à mon amie qui traduisait de l'allemand, me fixa du regard pendant toute la durée de la conversation, pour me communiquer que cette maladie avait été évoquée lors d'un congrès international mais qu'il avait de plus en plus de doute à son sujet.

Cela suffit à me convaincre de me faire soigner entre le Royaume-Uni et l'Italie. C'était l'idéal d'être suivie en Italie, avec des contrôles périodiques à Londres. Cela devenait faisable. Pour des questions essentiellement économiques, en vue des éventuels coûts thérapeutiques, il était fondamental que je reste italienne.

Et voilà comment j'ai fluctué pendant des années.

Parmi les anges gardiens qui ont volé à mon secours, je dois saluer la bande de copains et de connaissances qui continuèrent à me prodiguer des conseils : j'adoptai le régime draconien préconisé par un immunologiste qui fit une lecture très personnelle de ma maladie et m'offrit un de ses livres.

E mangio pane [Et je mange du pain]
pane e sale [du pain et du sel]
e il cielo piove giù [et le ciel pleut]
con lacrime d'alto mare [avec des larmes de haute mer]
acqua che non si ferma più. [de l'eau qui ne s'arrête plus.]

Voyages (2012–2013)

Giorni neri, giorni tersi
[Journées noires, journées limpides]
velati di sonno [voilées de sommeil]
sempre uguali e diversi [toujours égales et différentes]
comunque che vanno [quel que soit leur cours]
cara baby, ciao ciao ciao [ma chérie, ciao ciao ciao]
io sto sempre uguale [moi je suis toujours pareil]
come vuoi che sto [à ce que tu veux que je sois]

Hivers de réflexion, lectures infinies et journées de douleurs mystérieuses.

La pathologie se réveillait sans crier gare, avec de nouveaux problèmes inexplicables : des semaines à la recherche effrénée d'un remède, d'un retour au calme et à la reconstruction, pour retomber inexplicablement la tête la première dans un autre, l'énième, symptôme lié à la maladie.

La douleur physique fut accompagnée, pour disparaître progressivement, par un nouveau mode de vie : je décidai d'accepter l'énième proposition d'un ami cher et nous nous lançâmes dans les voyages, pour connaître et se connaître.

C'était une sorte de défi : une façon pour lui de relâcher la pression accumulée au cours des dernières années, pression que je définis de plus en plus volontiers comme « son cancer », et une modalité différente pour moi de parcourir la maladie, en l'acceptant plutôt qu'en la subissant.

C'est curieux, parce que cette année-là, mon ami Benedetto était convaincu d'être celui qui m'invitait à adopter un autre point de vue, une autre façon de me projeter dans le travail, alors que brusquement, c'est lui qui dut s'habituer à une modalité différente de ce qu'il connaissait dans le cadre de son « *job* » habituel.

Lui, habitué à travailler seize heures par jour, pour lui-même et avec une constance rare parmi les personnes de son âge, lui, soudain bloqué par un travail purement bureaucratique consistant à contrôler l'ensemble de sa vie active. En 2013, il commença à apparaître dans toute sa terreur noire, son cancer, son blocage.

Moi, officiellement « bloquée » par mon monde professionnel, je me découvrais en revanche présente et énergique, riche en opportunités.

La vie, un cercle bien rond ? Étrange ! Souvent, en nous lisant ce qui nous arrivait jour après jour, nous passions de la frustration sceptique typique des gens incapables de comprendre ce qui se passe autour d'eux, à une hilarité insouciante, bien que tristement consciente.

C'est dans cet état d'esprit que nous affrontâmes des voyages ambitieux à l'étranger : pas des voyages dont on rêve depuis toujours mais des épreuves de vie qu'on ne pense pas affronter en tant que telles, étant quotidiennement mis à l'épreuve dans un contexte apparemment différent.

En se détachant de la vie « européenne » quotidienne, avec les soucis et les mille incompréhensions s'y rattachant, nous nous retrouvâmes dans des contextes inédits et libératoires, dont nous revenions régénérés et capables d'occulter et de relativiser les « problèmes-cancers » en tant que tels.

Brésil et Inde ont été nos destinations favorites, toujours des voyages au contact avec le monde local, tenant à distance les vies « d'avant » et avec une nouvelle sensibilité qui nous aida à conquérir le bonheur personnel.

À notre retour, il nous sembla tout naturel de repartir ensemble avec un projet, un projet actif, radieux et heureux, qui s'affranchisse de la dure réalité.

Après ce dynamique hiver 2012-2013, se présenta l'opportunité d'ouvrir une école à vingt mètres de la précédente *nursery* de Benedetto et lui, jaugeant ses énergies, souhaitant voir s'effacer mes inquiétudes face à la maladie, me proposa le projet.

> *Tu lo sai che non è la fine,*
> *[Tu sais que ce n'est pas la fin,]*
> *sì che lo sai... [oui tu le sais...]*
> *che viene maggio [...] [que mai arrive [...]]*
> *Lo non mi stanco no, no.*
> *[Je ne me fatigue jamais non, non.]*

Nous travaillâmes de mai à septembre avec une énergie hors du commun, une force débordante d'optimisme, qui nous motiva à nous tenir à l'écart de son et de mon « cancer ».

Répondre avec enthousiasme et positivité aux situations hostiles, renverser sciemment le sens du destin adverse, ignorer ceux qui veulent te faire du tort gratuitement.

Au fond, pendant toutes ces années de travail à l'école, j'avais suivi exactement le même parcours, mais en me focalisant sur les autres, oubliant que je pouvais parfois aussi me placer au centre.

Cette fois, le parcours était plus simple, puisque je soutenais Benedetto, qui me stimulait à son tour : un échange qui a vraiment eu un aspect productif et inattendu pour nous deux.

Et Zucchero chante :

Ma salgo ancora, [Mais je monte encore,]
nuove scale [de nouvelles marches]
e vedo ancora più in là [et je vois encore plus loin]
la luce chiara di domani [la claire lumière de demain]
precipitando [se précipitant]
esplode già. [explose déjà.]

Octobre 2014 – Pâques 2015

Cet hiver-là, quelque-chose d'inexplicable se déclencha dans la façon de nous soutenir l'un l'autre.

J'ai toujours eu des frères et sœurs adoptifs, des amis fraternels sur lesquels je pouvais compter en cas de besoin et qui pouvaient compter sur moi, on m'a toujours considéré comme une personne joyeuse, qui a aidé beaucoup de personnes à se tirer d'affaire et le verbe « aider » a donc toujours fait partie de mon vocabulaire quotidien.

Dans ma vie précédente, forte d'une position favorable, j'avais toujours tout naturellement aidé mon prochain, confortée par l'idée que ma mission dans la vie était celle d'améliorer celle des autres, en m'appuyant généralement sur le pont naturel de mon travail à l'école.

Je me suis toujours trouvée sur le *limen* des activités de bénévolat, qui ont progressivement remplacé une religiosité dans laquelle je ne me reconnaissais plus depuis des années.

D'ailleurs, très jeune déjà, à l'âge de huit ans environ, je demandai un entretien avec le prêtre du village, car la simple participation aux messes du dimanche, que je définissais déjà à l'époque de « défilés de village » quand je m'entretenais avec ma mère, me rendait impuissante face aux vrais problèmes des jeunes de mon âge, dévorés par des dynamiques familiales malsaines, à une époque où l'intervention des services sociaux était encore loin d'être systématique.

Dans la vie, on grandit comme un arbre conditionné par le vent : les racines peuvent certes influencer la fructification, mais c'est surtout l'exposition à un climat donné et à des contextes spécifiques qui façonnent et stimulent les prédispositions de la personnalité.

Et en effet, dans le cadre de mon travail à l'école, j'avais appliqué ma vision, hautement professionnelle et compétitive du point de vue de mes compétences et spécialisations, à un intérêt parallèle et indéfectible pour la vie des élèves porteurs de handicap ou ayant des problèmes d'insertion ou d'intégration sociale : ce fut comme une fourchette qui s'agrandit progressivement au fil du temps, jusqu'à y englober des parcours de vie, qui finirent par cheminer parallèlement à ma propre existence.

Par tradition familiale, j'ai longtemps embrassé un mélange de catholicisme participatif, qui reste la ressource positive de ma religion, et un attrait pour les activités de bénévolat en tous genres, qui sont la clé franciscaine, constante et salvatrice, d'une église active.

La période qui unit et amplifia ce mélange furent les années joyeuses dans les riantes collines de la région d'Alba, où j'eus le soutien des bonnes personnes, la force des meilleures années du point de vue énergétique, l'enthousiasme pour ma croissance personnelle : entre les soirées dédiées aux études sur Gandhi et l'organisation du personnel de paix pour les jeux paralympiques, années d'or. Pas un soupçon d'égoïsme, pas une once d'hésitation avant de me lancer dans des aventures humaines, qui ont malheureusement laissé d'indélébiles séquelles de fatigue, dans un corps qui, pendant longtemps, n'a pas accepté de reconnaître sa fragilité.

C'est dans cet état d'esprit, issu de la première partie de ma vie, que j'offris tout naturellement et évidemment mon soutien à Benedetto, qui avait tant fait ces dernières années pour me faire oublier ma maladie.

C'était lui maintenant qui avait besoin de moi : obligé, par son cancer juridique et une division économique absurde, à d'interminables journées au bureau, il aurait voulu assister sa mère avant et après l'opération qu'elle devait subir, mais faute d'avoir le don d'ubiquité, il souffrait terriblement.

Un soir au dîner, il me confia ne plus réussir à accepter cet esclavage professionnel, après des années de sacrifice et de travail acharné : il n'avait jamais accepté de dépendre de qui que ce soit, il avait connu la liberté d'être son propre chef, et maintenant, il voulait se donner un congé de quelques mois pour assister sa mère et il ne pouvait pas !

Il dut reconstruire, au fil d'un long voyage à travers fichiers et dossiers, qui, tel un cercle dantesque, créaient un climat d'oppression et d'étouffement inéluctable dans tout le bureau, ses trente-cinq années de vie professionnelle.

Benedetto alla jusqu'à passer trente-cinq heures consécutives dans cette pièce infernale au cours du week-end, avant de réussir à me relayer à l'hôpital, où sa mère l'attendait.

Je décidai, sans hésiter une seconde, de l'aider dans ce parcours ; étant donné que sa mère avait été ballotée dans cinq hôpitaux différents situés dans différents quartiers périphériques de la ville et que nous comprîmes tout de suite que l'on pouvait difficilement compter sur l'attention du personnel, nous nous résolûmes à suppléer le service hospitalier.

Les deux premières journées furent dictées par l'urgence : tandis que Benedetto restait toute la journée au téléphone dans son bureau à la disposition de ses avocats, j'accourais dès le matin au chevet de sa mère pour le petit déjeuner et commençais à l'assister, essayant de faire accepter ma présence aux infirmières incrédules, qui, bien vite, virent en moi une ressource plutôt qu'un obstacle.

Elles craignirent d'abord que je fusse un médecin privé, elles finirent par penser que j'étais une infirmière professionnelle : tout est possible dans cette Londres regorgeant d'immigrants ultraspécialisés. Bien sûr, lorsque j'affirmai, pour pouvoir rester à son chevet, être sa *daughter in law,* on m'accepta en tant que proche, mais toujours avec beaucoup de suspicion, car j'étais la seule à ne pas être manifestement indienne.

La mère de Benedetto est une personne âgée, compliquée du point de vue linguistique, et ayant beaucoup de mal à accepter les changements : j'eus plus de mal à me faire accepter d'elle que des infirmières. Pendant des jours, à chaque fois qu'elle me voyait, elle se contenta de me demander : « Où est mon fils ? ».

Peu à peu, à force de me voir à ses côtés toute la journée, elle accepta de voir en moi un pont vers le monde environnant : elle me vit interagir avec les infirmières et les médecins, elle décocha quelques sourires et, quand cela m'était possible, je lui offrais d'appeler son fils de mon portable.

Une amitié « alternative » vit le jour, une communion humaine faite d'intentions, rassemblées autour de la volonté de montrer des améliorations à son fils, tandis que mes amies m'inondaient de messages, inquiètes de cette proximité avec le monde de la maladie et de la douleur. (Merci à elles toutes, qui voulurent me mettre en garde contre le monde hospitalier, mais j'avais certainement encore un compte à régler avec ma vie précédente de médecin !).

Mon seul loisir durant ces longues journées dans les différents « *royal hospital* » londoniens (qui de « royal » n'ont que toutes les évidentes et véritables défaillances d'un système malade, totalement dépourvu de tout atour princier) fut les salles de sport, souvent situées à proximité.

Profitant des visites quotidiennes des autres membres de la famille, je pus consacrer un peu de temps à l'activité physique, visitant des quartiers de la ville qui autrement me seraient restés inconnus et attendant de pouvoir me confronter avec Benedetto le soir, à l'occasion d'un dîner tardif.

Nous restions toujours dans les parages, parce qu'il aurait été inutile de perdre son temps à rejoindre le centre de Londres à partir de la banlieue ; nous veillions à ce que, le dîner terminé, sa mère soit sereine et tandis que je passais la nuit dans les différentes hôtelleries de ces immenses centres hospitaliers, Benedetto la surveillait en dormant à son chevet, puis rentrait à la maison aux premières lueurs de l'aube pour se concéder quelques heures de sommeil avant d'affronter sa journée au bureau.

Encore aujourd'hui, lorsque nous racontons cet hiver-là à nos amis, de longs mois allant d'octobre à Pâques, pendant lesquels nous nous concédâmes que cinq jours à l'occasion de Noël, tous restent incrédules devant la situation et notre modalité « unique » de la gérer.

Benedetto était quotidiennement contrarié et harcelé par une procédure de divorce économique dépassant ses pires attentes, ma tumeur persistait à me tenir compagnie. En même temps, la phase de *stand-by-pause* de la médecine me laissait perplexe et il valait mieux ne pas y penser et vivre à la journée.

C'est à l'occasion de l'une de ces étranges journées que je fus reconvoquée par le centre d'hématologie de l'*Hammersmith,* où on m'avait, quelques temps auparavant, suggéré un médicament qui maintenant, face à l'état d'urgence lié à la crise Ebola, était en phase de « révision » protocolaire.

Une nouvelle tesselle d'incertitude dans le monde de l'inconnu ! Encore une fois, nos vies rencontraient des destins injustement inexplicables dont nous cherchions la clé résolutoire, pendant que des situations contingentes embrouillaient le réseau des références de notre réalité.

Enfin, arrivèrent des mois qui nous aidèrent à oublier la pesanteur de l'hiver. Chaque journée de soleil printanier était annonciatrice de bien-être. Derniers efforts pour tenter de faire sortir sa mère de l'hôpital et la ramener chez elle, malgré des infections et des aggravations qui détérioraient son état de santé déjà précaire.

Février et mars furent deux mois à rayer de nos calendriers, puisque Benedetto réussissait rarement à se libérer avant 19h et que dès 8h le matin, il était déjà en route pour le tribunal, pour son « cancer » ; pendant ce temps, mon état de santé commençait à accuser les interminables journées à l'hôpital et je ne tenais plus le coup physiquement. Quant au plan mental, nous étions tous deux habités par un sentiment d'impuissance.

Sa mère nous vint en secours, décidant de faire comprendre aux médecins à quelle point elle tenait à rentrer à la maison, où l'attendait son mari.

Forts de cet élan, nous nous mobilisâmes pour la partie finale : sa sortie de l'hôpital en avril, dans un état de santé acceptable, vint couronner nos efforts.

Le cancer de Benedetto devait prendre fin vers la fin du mois de mars ; début avril à Pâques chez sa mère, le soleil recommençait à nous sourire pour le printemps.

Désormais, cette cohabitation unique en son genre, cette union d'intentions, cette mission affrontée à deux au quotidien, nous avaient transformés. Elles nous avaient appris à nous connaître dans toutes nos faiblesses et notre détermination. Connaître les autres est toujours un parcours de connaissance de nous-mêmes, et parfois, la profondeur de ces échanges est beaucoup plus grande que ce que l'on aurait imaginé au départ.

Nous avions tous deux entrepris ce chemin avec le sentiment d'être des personnalités mûres, parfaitement définies, et maintenant, six mois plus tard, le monde individuel avait subi une ouverture, une dilatation comparable aux dilatations spatio-temporelles que l'on voit parfois dans les films de science-fiction.

Notre vie en ressortit comme neuve, l'approche même de nos journées était différente et, dans ce nouveau contexte, le bonheur était la priorité qui primait sur toute autre réflexion.

Amitié et amour brouillaient le cadre de la réalité et bien vite, le travail me rappela dans mon pays. Ce fut l'occasion de faire le point sur ce « nouveau monde » qui nous emportait.

It's a wonderful, wonderful life
[C'est une vie merveilleuse, merveilleuse]
I need a friend [J'ai besoin d'un ami]
Oh, I need a friend [Oh, j'ai besoin d'un ami]
to make me happy [pour me rendre heureux]

Réflexion mai – octobre 2015

Heureusement, mes collaborations me rappelèrent en Italie : la sérénité de quitter Londres après avoir épaulé et aidé la personne qui m'avait été le plus proche lors des dernières années et qui, malgré la fatigue des derniers mois, m'avait redonné de l'énergie, fit place à la terreur ; le plan émotionnel échappait à la rationalité, suggérant une lecture de la réalité qui ne s'était pas encore dévoilée.

Dans le sentiment de soulagement et de paix des longs mois d'hiver, s'était insinuée la question rhétorique, sous-entendue et ironique, de notre dépendance réciproque.

En mai 2015, je communiquai à Benedetto qu'entre mes occupations professionnelles à Venise et les rendez-vous médicaux qui m'attendaient pendant l'été, nous n'aurions pas pu nous revoir avant octobre.

Les tout premiers jours de mai virent éclore dans notre relation un amour involontaire, consolidé par le temps et les obstacles surmontés ensemble, un amour mûr et responsable qui, conscient d'exister, attendait simplement une confirmation de notre part, notre reconnaissance : nous en fûmes tous deux stupéfaits et, tandis que je vis automatiquement la période estivale comme une période de réflexion, l'impulsivité de Benedetto en décida autrement.

Ce cœur désespéré est délicat /
This heart desperate it's delicate
Ainsi tu me manques dans l'univers /
So I miss you in the universe
Au milieu du monde ainsi je te cherche /
In the middle of the world so I'm looking for you
Et je crie fort au milieu du monde /
And loud cry from the middle of the world
Moi seul peux te trouver /
Only me I can find you
Moi seul et m'agenouiller /
Only me and kneel
Moi seul /
Only me

Ce fut un été exceptionnel, car, dans le cadre de mes collaborations à Venise, je rencontrai des personnes fantastiques sur lesquelles je pus m'appuyer émotionnellement pour ce passage décisif dans ma vie ; de plus, je fus réconfortée par la présence d'amies chères qui m'accompagnèrent infailliblement le long de ce parcours psychologique.

Enfin, accueillir à la maison les enfants d'amis venus préparer un *master* ou trouver un job d'été, a certainement été le meilleur moyen d'apaiser les journées, qui furent toujours brèves et riches en occupations.

De la petite lentille de microscope qui m'avait accompagnée dans mon expérience à Londres - fermeture sur moi-même, relecture et reconstruction de ma personne en m'occupant d'une autre existence en crise - je volai vers la loupe kaléidoscopique de la Venise artistique, la ville créative et multiculturelle par excellence.

Un été fait de barbecues dans le jardin, avec un enthousiasme et un optimisme qui m'entraînèrent dans un tourbillon de joie : cela se refléta sûrement sur les résultats de mes examens médicaux, et ce fut certainement une occasion pour Benedetto de prendre une bouffée d'oxygène régénératrice à chaque fois qu'il vint me voir.

Et Zucchero de chanter, dans *Un soffio caldo* :

un respiro d'aria buona [une bouffée d'air pur]
chiudo gli occhi e sento già [je ferme les yeux et je sens déjà]
che la mia stagione nuova [que ma saison nouvelle]
Ritrova un soffio caldo di libertà.
[Retrouve un souffle chaud de liberté.]

En septembre, pendant le festival du film, je parvins à réunir autour d'un dîner la dizaine de personnes qui, depuis des mois, me demandaient : « On se voit bientôt ? », et là aussi, ce fut un bonheur de leur faire part de mes expériences et de se promettre de se retrouver tous les ans à la même période.

Concernant notre relation, qui était brusquement devenue une relation de couple, la rencontre du premier octobre fut anticipée par la déclaration de Benedetto, qui, arrivant en Italie dès la première quinzaine de mai, exprima avec force son souhait de partager sa vie avec moi.

Cela ne me fit pas peur ; il y avait entre nous un tel naturel et un tel transport, que tous ceux qui nous rencontraient pour la première fois pensaient avoir affaire à un couple de longue date.

Quand je retournai à Londres en octobre, ce fut alors vraiment à titre professionnel en vue d'un *meeting,* et avec le même naturel qui avait toujours caractérisé notre relation, et après l'énième réunion professionnelle, nous sortîmes dîner seuls et fixâmes la date de notre mariage.

Des mois de folie entre préparatifs et rendez-vous, avec trop peu de temps pour échanger avec qui que ce soit... Mais décembre et la fin de l'année avec les vacances de Noël vinrent au secours de notre fatigue, dans l'enthousiasme de la vie retrouvée.

This is a man
Who needs a woman
I'm not afraid to say why I feel
I'll never be unfaithful
[...]
This is a man
Who needs a woman
In all of my world, and my nights
If I don't live up to promise
The I'm wrong, I have no right

Les changements et nos chez nous

L'année 2016 fila à toute allure, tandis que nous nous sentions de simples spectateurs : mon cancer et le sien tentèrent de nous tenir en laisse et de nous plier de nouveau à leurs lois, des lois en réalité contre nature.

Mais combien de chiens nous mordent au passage.

Chante Zucchero en me tenant compagnie et en me donnant de la force.

Les lois des hommes, les questions bureaucratiques, les démêlés juridiques, tentèrent d'étouffer la joie et l'exubérance que la vie offre tout naturellement lorsque l'amour est au rendez-vous.

Malgré ce parcours du combattant, ralenti par le souci de photographier la réalité, de nous parler et de nous confronter sur ce qui nous arrivait, l'infini désir d'une relation de couple nous encourageait à garder l'attention sur nous-mêmes.

Il y eut un rebondissement insolite dans les possibilités de résolution de nos problèmes respectifs, qui, tels des chaînes, nous ramenaient à un sentiment anachronique d'esclavage : mes compétences linguistiques m'amenèrent à m'occuper des soucis de Benedetto, tandis qu'il se mit à étudier mon problème de santé, nous mettant sur les pistes qui nous mèneraient à la solution.

Je devins la médiatrice officielle des derniers problèmes tentaculaires de son « cancer » : en tant que traductrice compétente et en m'appuyant sur tous les profils professionnels et les amis rencontrés au cours de ma vie, je pus venir à bout professionnellement et de façon décisive aux dernières diatribes de son long divorce économique.

Benedetto découvrit quant à lui la médecine naturelle, retrouvant en lui une trace d'ADN qui l'accueillit dans le monde de la médecine indienne, une redécouverte personnelle de ses racines et nouveau pont pour ma maladie !

2017 fut l'année de toutes les victoires : paix dans le sens de justice, vérité divine, au-delà de tous les mensonges humains.

Enfin, nous pouvions profiter de nos chez nous au lieu de les vivre comme des étapes dans notre course vers d'autres lieux.

C'est une année qui nous mit une nouvelle fois à l'épreuve : toutes les fois que nous tentions de maîtriser la vie, de diriger le changement, le cheval fou de la réalité nous rappelait que la vérité est toujours différente.

Il y a des années de cela, une amie chère m'écrit un message que je garde comme un trésor, que je gravai sur la peau de mon expérience personnelle :

« On cherche à changer les choses qui nous semblent injustes, mais ce qui ne peut pas être changé, il faut simplement apprendre à l'accepter ».

Nel mio cuore è solo mia,
[Dans mon cœur elle n'est qu'à moi,]
She is my baby.

CONCLUSION

Miserere, misero me però brindo alla vita
[Miserere, je suis misérable mais je trinque à la vie]

Je raconte maintenant le final de ces jours-là, pour apprécier les joies du destin que l'on pourrait cueillir à chaque heure, comme des fleurs le long du chemin.

J'ai reçu un précieux SMS samedi matin, l'énième déplaisante tentative de nous pourrir la journée, pendant le week-end tant qu'à faire, comme cela a été le cas pendant de nombreuses, trop nombreuses, années : une vieille photo de moi et Benedetto, montée comme s'il s'agissait de la couverture d'un magazine !

Mais même cette immixtion dans notre vie privée est devenue, dans notre amour, la joie rayonnante du souvenir de ce jour-là. Sur la photo, résultat d'un photomontage très réussi réalisé par un ami norvégien qui travaillait essentiellement à l'époque pour le cinéma canadien, on voit Benedetto et moi souriants et sur le point de s'embrasser, tandis que la mer étale vénitienne décline un coucher de soleil dans le sable ; moi avec les cheveux noués après une journée de travail, de courses et de trajets dans les transports en commun vénitiens, Benedetto avec un t-shirt estival et un teint hâlé qui témoigne d'une journée paisible passée au soleil.

Cette photo a une histoire assez drôle.

Mon chien, un matin de septembre au moment du festival international du film de Venise, avait décidé de sortir du jardin pour suivre une voisine temporaire, une personne importante, membre du jury de la compétition cinématographique.

En compagnie de cette dame, l'innocent *husky* franchit tous les contrôles, portails et innombrables portes surveillées, recevant caresses et gratifications, alors que l'intéressée elle-même, occupée à parler sur son portable, ne s'était pas même aperçue d'avoir été suivie par ce vagabond. Personne ne tenta de mettre fin à ce joyeux vagabondage du chien ; ce n'est qu'une fois à l'intérieur des bureaux « secrets » du Festival du Film, que je reçus un appel et fus invitée à venir récupérer mon animal à l'une des sorties secondaires.

Dans le tumulte de ce début de journée, je me serais bien passée de ce contretemps qui me mettait en retard ; mais l'amusant, c'est qu'en récupérant mon chien par cette sortie secondaire, je tombai sur un groupe de paparazzi qui, me voyant dans le contexte de ce haut lieu du cinéma, me prirent pour une actrice qui tentait de se mêler à la foule et continuèrent à me photographier jusqu'au soir. Je ne fis pas attention aux premiers clichés de la journée, parce que j'étais pressée. La situation devint vraiment drôle avec les amis le soir venu, au moment de l'apéritif et pendant le dîner, ayant été repérée et reconnue comme « celle qui le matin était passée par les portes réservées aux acteurs ». À partir de ce moment, l'ami photographe commença à me faire cadeau d'une série de clichés réalisés avec mes amis ce soir-là et nous plaisantâmes pendant des heures sur les moyens d'exploiter son travail.

Des années plus tard, après avoir découvert l'amour qui nous unissait, ce fut une joie inattendue pour Benedetto et moi de retrouver cette photo et de se remémorer ces moments de bonheur que nous avions vécus en tant qu'amis.

Tout ça pour une photo qu'aucun de nous deux n'avait conservée ; en effet, nous avions tous changé de portable entre-temps et nous avions tous oublié les images postées sur *WhatsApp* ce soir-là, plaisantant au sujet de ma célébrité présumée.

« N'aie pas peur, surtout dans les moments difficiles, parce que la paix de l'âme réside justement dans les épreuves — la maladie, la persécution — sois sûr qu'après viendra la joie véritable, car après la nuit, arrive toujours le soleil ».
Pape François, *Dalla tristezza alla gioia*

EIN HERZ FÜR AUTOREN A HEART FOR AUTHORS À L'ÉCOUTE DES AUTEURS MIA KAI
HJÄRTA FÖR FÖRFATTARE UN CORAZÓN POR LOS AUTORES YAZARLARIMIZA GÖNÜ
CUORE PER AUTORI ET HJERTE FOR FORFATTERE EEN HART VOOR SCHRIJVERS TE
SERCE DLA AUTORÓW EIN HERZ FÜR AUTOREN A HEART FOR AUTH
CORAÇÃO ВСЕЙ ДУШОЙ К АВТОРАМ ETT HJÄRTA FÖR FÖRFATTARE Á LA ESCUCHA
KAPΔÍA ΓΙΑ ΣΥΓΓΡΑΦΕΙΣ UN CUORE PER AUTORI ET HJERTE FOR FORF
ÖNKET SZERZŐINKÉRT SERCE DLA AUTORÓW
NO CORAÇÃO ВСЕЙ ДУШОЙ К АВТОРАМ ET

L'auteure

Carla Gagliardi est professeur de littérature ; depuis 2012, à l'apparition d'un problème de santé, elle commence à réinterpréter sa vie : elle vit entre Londres et Venise, approfondit sa passion pour les langues et se découvre comme traductrice, écrivaine, présentatrice de livres. Passionnée par la vie dans toutes ses variations culturelles, elle a adhéré à chaque implication proposée, s'occupant de la planification et de la gestion, du secrétariat organisationnel des organismes internationaux, tenant quelques cours et collaborant avec diverses universités (comme l'Université Saint John's au Minnesota). Elle a longtemps travaillé comme médiatrice culturelle auprès d'associations liées à la Table de la Paix et a offert son soutien à de nombreuses réalités différentes : un monde de contacts, d'amis et de connaissances, tous touchés par la joie de vivre, dans un quotidien kaléidoscopique qui illumine toutes les couleurs de l'être humain.

La maison d'édition

> *Qui arrête*
> *de progresser,*
> *arrête d'être bon!*

En se basant sur notre slogan, c'est notre désir de
trouver de nouveaux manuscrits et de les faire publier.
Depuis plusieurs décennies déjà, nous avons donné nos
cœurs aux livres et nous nous engageons pour chacun
de nos auteurs et chaque livre personnellement.

**Nous faisons pour chaque manuscrit une
relecture en quelques semaines. La relecture est
gratuite et sans engagement.**

Pour plus d'informations sur notre maison d'édition
et nos livres, reportez-vous à notre site:

w w w . n o v u m p u b l i s h i n g . f r